AF325213

15 Juin 1900

VENTE
Du Vendredi 15 Juin 1900
HOTEL DROUOT, SALLE N° 7
à 2 heures 1/4

PRÉCIEUSES

ÉTOFFES ANCIENNES

BROCARTS, VELOURS DE GÊNES, SOIERIES

BRODERIES

des XVe, XVIe, XVIIe et XVIIIe siècles

FORMANT

la COLLECTION de M. G. B...

Objets de Curiosité

ET

D'AMEUBLEMENT

APPARTENANT A DIVERS

Mᵉ René LYON	**Mᵉ A. BLOCHE**
Commissaire-Priseur	*Expert*
29, Rue Lepeletier, 29	28, rue de Châteaudun, 28

EXPOSITION PUBLIQUE

Le Jeudi 14 Juin 1900, de 2 heures à 6 heures

PARIS

BRODERIES ET ÉTOFFES

BROCARTS, VELOURS DE GÊNES, SOIERIES

TABLEAUX DE DOCUMENTS ET SPÉCIMENS RARES

des XVe, XVIe, XVIIe et XVIIIe Siècles

BANDEAUX, TAPIS, CHASUBLES

FORMANT

la COLLECTION de M. G. B...

OBJETS DE CURIOSITÉ

Ivoires, Miniatures sur Velin, Marbres, Terre cuite, Éventails
Tableaux

BEAUX MEUBLES ANCIENS ET DE STYLE
Appartenant à divers

ET DONT LA VENTE AURA LIEU

HOTEL DROUOT, SALLE N° 7

Le Vendredi 15 Juin 1900, à 2 heures 1/4

Me René LYON	**M. A. BLOCHE**
COMMISSAIRE-PRISEUR	EXPERT
29, Rue Lepeletier, 29	28, Rue de Châteaudun

EXPOSITION PUBLIQUE

LE JEUDI 14 JUIN 1900

DE 2 HEURES A 6 HEURES

CONDITIONS DE LA VENTE

Elle sera faite au comptant.

Les acquéreurs paieront 5 o/o en sus des prix d'adjudication.

L'exposition mettant le public à même de se rendre compte de l'état et de la nature des objets compris dans ce catalogue, aucune réclamation ne sera admise une fois l'adjudication prononcée

Paris. — Imp. Ménard et Chaufour, 8-10, rue Milton.

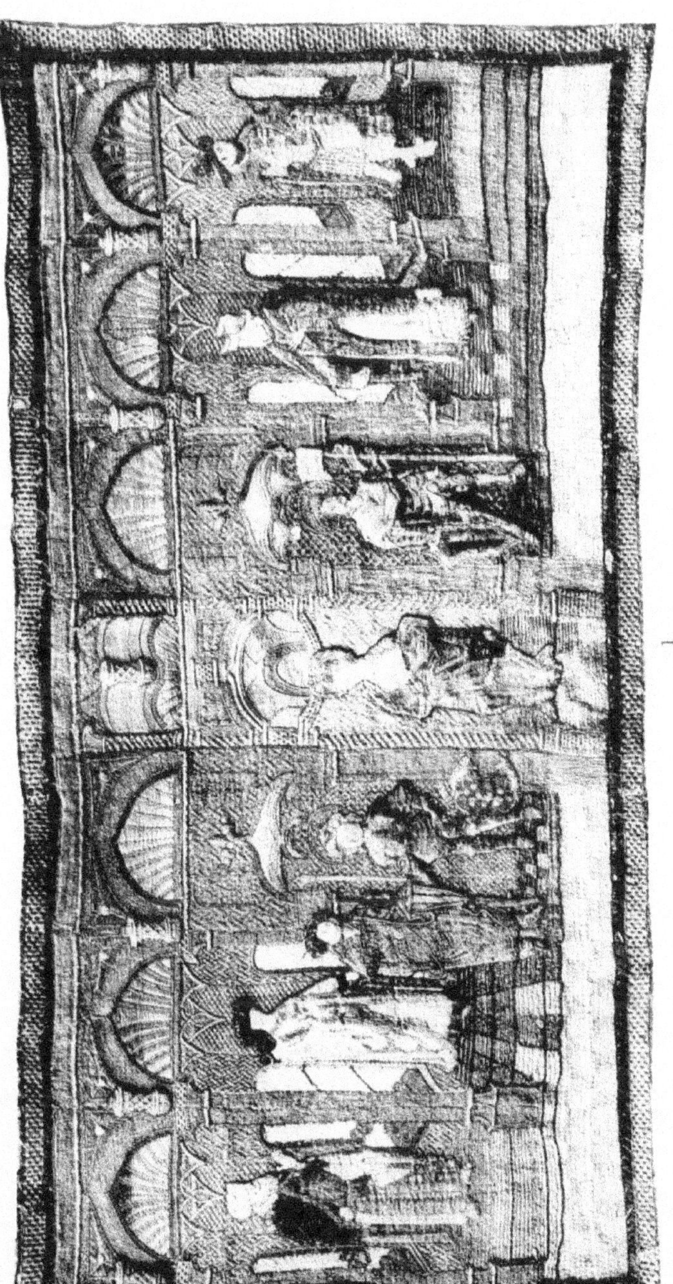

DÉSIGNATION

ÉTOFFES ANCIENNES

BRODERIES, BROCARTS, SOIERIES, VELOURS

1 — Précieux bandeau en broderie de soie,
d'or et d'argent représentant des chevaliers
portant des étendards et des boucliers armo-
riés, d'autres personnages en riches costumes
sous des arceaux, dans des intérieurs de cathé-
drale, XVᵉ siècle.

Pièce de Broderie des plus intéressante par
son travail, son caractère et son état de conser-
vation.

Long. : 1ᵐ12.
Haut. : 0ᵐ57.

2 — Panneau en velours cerise avec réserves
forme ananas, tissé fond d'or à pointillé rouge.
Venise XVᵉ siècle.

3 — Grand panneau en velours rouge cerise avec
réserves fond crème, offrant des rosaces et
des feuillages. Scutari XVIᵉ siècle.

4 — Panneau en velours rouge offrant des pommes de pin et des grenades tissées de soie et d'or. Italie, XVe siècle.

5 — Grand panneau en velours violet, dessin ton sur ton à attributs religieux et ornements d'une grande délicatesse de dessin et en bel état. Espagne, XVIIe siècle.

6 — Panneau en velours rouge cerise tissé d'or et de soie, dessin à médaillons et entrelacs de fleurs. Travail florentin moyen-âge.

7 — Petit tapis de table en point de Hongrie fond crème, dessin polychrome à corbeille fleurie dans un encadrement à entrelacs, feuillages et fleurs, garni de franges de soie. XVIIIe siècle.

8 — Petit panneau en velours rouge groseille ciselé sur fond crème tissée d'argent, dessin à fleurettes au milieu de losanges. Italie, XVe siècle.

9 — Bandeau en brocatelle, dessin à chimères, lion et cheval au milieu d'arabesques en polychrome. Italie, XVe siècle.

10 — Panneau en velours rouge ciselé sur fond crème, dessin à grands ramages et fleurs. Italie. XVIIe siècle.

11 — Panneau en velours rouge ciselé sur fond crème, dessin à volutes feuillagées et fleurs, Italie, XVIIe siècle.

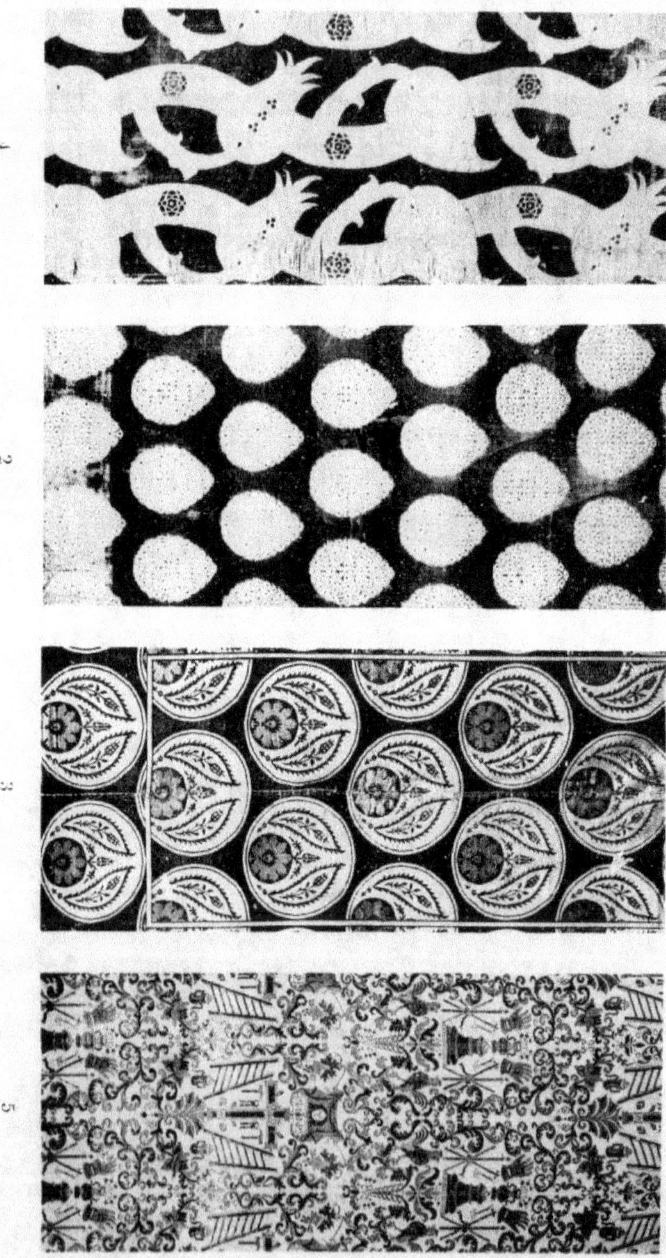

Panneau en brocatelle, dessin rouge sur
[fon]d d'or couronnes, chiens héraldiques et
[feu]illages fleuris. Italie, XVᵉ siècle.

Petit carré en velours rouge tissé de soie
[br]amé d'or, dessin à grands festons ornemen[ts]
genre oriental. Italie, XVᵉ siècle.

Petit panneau, dessin représentant un cep
[de] vigne, des lézards et des volatiles.

Panneau en satin rouge, dessin à grandes
[pal]pes tissés d'argent et de soie rappelant
[cel]ui des faïences de Rhodes.

Petit tapis de table rectangulaire en velours
[rou]ge ciselé, bordure velours bleu, dessin à
[com]partiments et rosaces, offrant au centre
[une] rosace étoilée, garni de franges de soie
[rou]ge.

Bandeau en brocatelle fond rouge, dessin
[lig]ne à vases fleuris et volatiles au milieu d'ar-
[bre]ux. Italie, XVᵉ siècle.

Chasuble en velours violet, dessin tissé
[or] à cerclés blancs, bleus et grenades. Italie,
[X]Vᵉ siècle.

22 — Panneau en velours rouge cerise, des
grandes fleurs au milieu d'un rinceau
monté d'une couronne. Orient XVII⁰ sièc

23 — Panneau en brocart marron tissé
gent, dessin à fleurettes. Arras, XV⁰ siè

24 — Panneau en velours polychrome offrar
réserves, feuillagées et lobées tissées de s
d'argent. Scutari, XV⁰ siècle.

25 — Deux panneaux en velours vert à d
tissé de soie représentant des rinceaux fl
Italie, XV⁰ siècle.

26 — Tapis rectangulaire de velours rouge
tissé d'or, dessin à grandes fleurs dent
bordure à arbustes.

27 — Panneau en velours rouge épinglé d'o
fond d'or à fleur de lys florentin.
XVI⁰ siècle.

28 — Panneau de brocatelle fond rouge à r
et rinceaux bleu et or.

nementé et feuillage tissé d'or et d'argent
spagne, XVe siècle.

— Petite pente en velours rouge, à réserve
e gros pointillés tissés d'or. Venise, XIV
ècle.

— Petit carré en velours rouge, dessin ton
r ton offrant les armes de Castille et le
gles d'Autriche. France, XVIe siècle.

— Pièce en velours fond vert offrant en bistre
blanc des aigles et des têtes de génisses
a milieu d'entrelacs. France, XIVe siècle.

— Morceau velours bleu sur fond jaune,
essin imitant la guillochure. Italie, XVIe
ècle.

— Carré en tapisserie fond rouge, dessin poly-
rome offrant des roses, des volatiles et des
nimaux de toutes espèces.

— Chasuble en brocart bleu tissé d'or et d'ar-
nt à petits fleurons, avec galons en argent.
rance, XVIIe siècle.

— Chasuble en velours rouge ciselé sur fond
or, dessin à bâtons rompus, bande centrale

40 — Chasuble en soierie rouge brochée
dessin à grands rinceaux feuillagés.
XVIIᵉ siècle.

41 — Chasuble en velours vert sur fond
dessin à bâtons rompus, bande centrale
rons verts, garnie de galons d'or. Italie
siècle.

42 — Chasuble en velours vert ciselé sur
épinglé, dessin à petites branches tron
Italie, XVIᵉ siècle.

43 — Chasuble en velours vert ciselé sur
d'or, dessin à fleurons détachés. Italie
siècle.

44 — Chasuble en velours jaune ciselé su
blanc, dessin à petits fleurons, bande cen
fleurs au mileu d'entrelacs se détach
relief violet sur fond blanc argent. Italie
siècle.

45 — Chasuble en velours violet, dessin t
ton à palmettes et pointes opposées.
XVIᵉ sicèle.

— Petite pièce en velours bouton d'or à fleu[rs]
et feuillages.

— Pente en velours vert ciselé sur fond blan[c],
dessin à fleurettes et croissants. Italie, XV[e]
siècle.

— Petit carré en velours violet, dessin à co[r-]
beille fleurie et rinceaux.

— Devant de chasuble en velours vert cise[lé]
sur fond d'or à bâtons rompus et fleurons.

— Petit panneau en velours rouge, dessin t[on]
sur ton à fleurs. Italie XV° siècle.

— Morceau en brocart d'argent et de soie[s à]
grandes fleurs et fruits.

— Petit bandeau en velours fond arger[t à]
branches et fleurs polychromes ond d'o[r].
Italie XVII° siecle.

— Petit carré en brocart d'or à grandes fleur[s].
France XVII° siècle.

— Pièce de chasuble en soierie blanche broch[ée]
d'or, d'argent et de soies de toutes nuance[s]

0 — Deux morceaux en brocart d'or et
gent sur satin rouge à grandes fleurs.
magne XVIIᵉ siècle.

1 — Panneau long en soierie rouge b
d'or, dessin à branchages et fleurs. Italie
siècle.

2 — Grand panneau en brocart rouge,
ments polychromes à colonnes, volatil
fleurs. Italie XVIᵉ siècle.

3 -- Deux petits panneaux en soierie,
vert réséda broché à fleurs.

4 — Bandeau en brocart d'or dessin à
et branches, avec galons d'argent,
XVIIᵉ siècle.

5 — Devant de chasuble en soierie bleu
broché d'or et d'argent à fleurs et fi
de galons d'or.

6 — Quatre pentes et bandeaux en brocate
médaillons représentant la Vierge, des s
et des têtes de chérubins.

or, décor aux pigeons et écureuils. Ital
XVᵉ siècle.

— Panneau en soierie brochée d'or et d'a
rent à la pagode et ornements sur fon
rose.

— Partie de chasuble en brocart rose tissé e
amé d'argent, dessin à bâtons rompus. Italie
XVIᵉ siècle.

— Chape et orfroi en brocart d'argent, des
in à rosaces et fleurs.

— Bandeau en soierie brochée d'or et de soi
fleurs, festons et branchages, garni de passe
menterie métallique.

TABLEAUX

ons de Documents ou Échantillons de tissus

— Tableau renfermant un orfroi, deux de-
ants de chasubles et deux pentes en bro-
erie de soie, d'or et d'argent représentant des

brocatelle ancienne, dessin perroquets, lion
volatilles et couronnes.

— Tableau renfermant un morceau de velours blanc, un morceau fond jaune à grand
fleurs roses, une pente en velours vio
ciselé sur fond jaune et quatre autres m
ceaux anciens.

— Tableau renfermant six morceaux de so
rie ancienne brochée et rayée et six morcea
de velours ciselé et frappé.

— Tableau renfermant onze morceaux de v
lours ciselé et soierie brochée à fleurs, ancie

— Tableau renfermant un carré de soier
fond bleu, dessin jaune à lions et oisea
quatre morceaux de soierie bleu, rouge et v
et deux galons au petit point en rouge
fond blanc représentant des lions.

— Tableau renfermant un napperon et de
carrés en brocatelle fond bleu et fond jau
tissée d'or.

– Tableau renfermant deux pentes en velou
leu à dessin rouge et en velours jaune
uatre morceaux de différentes nuances.

·· Tableau renfermant trois morceaux en ve
ours grenat et un en velours bleu, dessi
eurs, branchages et entrelacs.

– Tableau renfermant un morceau de velour
renat et satin grenat tissé de soie blanche.

– Panneau renfermant dix morceaux en ve
ours de différents tons dessin à fleurettes.

– Tableau renfermant cinq morceaux de bro
art tissé d'argent et de soie fond saumon
leu, lie de vin, dessin : fleurs, gerbes et petit
eurons.

– Grand tableau renfermant neuf morceau
e velours de différents tons, dessin à fleurs
ntrelacs et feuillages.

– Tableau renfermant huit galons en ve-
urs et trois bandeaux en frange de soie gre-
at et vert.

lours de différents tons sur fond blanc, ju
et crème dessin, représentant des volatile
des animaux au milieu de branchages.

2 — Tableau renfermant un morceau de vel
rouge avec grande fleur tissée d'or, un
ceau de brocatelle jaune tissée et bouclée
gent, un morceau velours rouge avec rés
de gros points tissés d'or, un morceau vel
rouge tissé et épinglé de soie blanche e
carré velours rouge tissé d'or.

3 — Tableau renfermant huit morceaux
velours ciselé de différentes nuances, d
fleurettes et quadrillés.

4 — Tableau renfermant cinq morceaux
soierie rouge tissée d'or, d'argent et de
de différentes nuances représentant des sc
du Nouveau Testament et des chérub
XVIIe siècle.

5 — Tableau renfermant un grand morcea
velours violet dessin clâtré et neuf autre
tits morceaux en velours de différents tor

appartenant à divers

OBJETS DE CURIOSITÉ

— Coffret-reliquaire forme haute d'aspect m
umental, avec bas-reliefs en ébène, en ivoi
eprésentant des empereurs romains, d
uerriers et des enfants, orné d'incrustatio
le nacre. XVIe siècle.

— Grand et magnifique Christ en ivoire, mon
ur une croix en bois noir, garni d'argent dor
Précieux travail du XVIIe siècle.

00 — Deux vases en ivoire sculpté avec ba
eliefs, représentant un festin et une scèn
nythologique. XVIIe siècle.

— Grand peigne espagnol en écaille blond
jourée, à ornements et bouquets de fleur
Louis XIII.

— Bas-relief sur ivoire représentant le joueur
de cornemuse. Cadre bois noir.

— Miniature sur parchemin : le Christ au[x]
épines, cadre bois doré. XVIIe siècle.

— Miniature sur velin : la Vierge et l'Enfa[nt]
Jésus, cadre argent sur velours rouge et bo[is]
noir. XVIIe siècle.

— Bas relief en marbre blanc et marbre gri[s]
représentant une figure allégorique à l'A[u]
tomne, XVIe siècle.

— Petit Christ en argent, sur croix en bo[is]
noir guilloché, XVIIe siècle.

— Bas relief en marbre polychromé repr[é]
sentant Saint-Stanislas, XVIIe siècle. Cadr[e]
bois noir.

— Deux médaillons ovales en marbre repr[é]
sentant les Empereurs Vespasien et Domiti[en]
que. Cadre bois doré.

— Haut-relief en terre cuite représentant [le]
Christ dans son linceuil. OEuvre intéressant[e]
École de Michel-Ange.

t de petits médaillons à personnages.

— Petit éventail du Ier Empire, en cor
jourée et garnie de paillettes.

— Eventail, peinture sur soie. Signé.

— Livre : *Histoire de Paul et Virginie*, dessi
ar de La Charlerie, édition Lemerre.

LARGILIÈRE (École de).

8 — *Portraits d'un roi et d'une reine.*

> Représentés en riches costumes de cour
> dés d'or et garnis de dentelles, les
> appuyées sur la couronne et les emb
> royaux.
> Cadres bois doré.

MURILLO (École de).

19 — *Portrait de dame noble.*

> Représentée sous les traits d'une saint
> costume jaune, parée de perles et en
> ration devant une croix.
> Cadre en bois sculpté, à tête de chéru
> étoiles sur fond d'or.

ÉCOLE FRANÇAISE

20 — *Portrait de princesse.*

> Représentée en costume bleu avec ma
> en velours rouge fleurdelysé doublé
> mine et parée de riches joyaux et d
> d'une toque à plumes.

deaux à volatiles et arabesques, le haut suppo
par des cariatides de femmes sur gaines engi
landées, panneaux des portes à petits méd
lons de personnages. XVIe siècle.

— Meuble crédence en bois sculpté à br
ches de rosiers, colonnes feuillagées et à c
nelures, ouvrant à trois portes XVIe siècle.

-124 — Quatre fauteuils couverts en po
de Hongrie, montants avec panaches en b
doré. XVIIe siècle.

— Beau meuble de salon Louis XVI
bois sculpté et doré couvert en soierie, fc
crème, finement brodée à semis de fleu
composé d'un canapé, deux fauteuils et de
chaises.

— Quatre fauteuils à dossiers médaillons
bois sculpté et doré Louis XVI, couverts
soierie ancienne fond crème brochée à ray
res et à fleurs.

— Beau bahut de style Renaissance, or
de sculptures et soutenu par deux cariatic
de femmes ailées.

— Table rognon de style Louis XV en b[...]
marqueté.

— Glace trumeau, cadre en bois sculpté [...]
doré à attributs de musique, style Louis X[...]

— Glace de style Louis XVI, cadre en b[...]
sculpté et doré avec médaillon de la rei[...]
Marie-Antoinette.

— Objets omis.

20

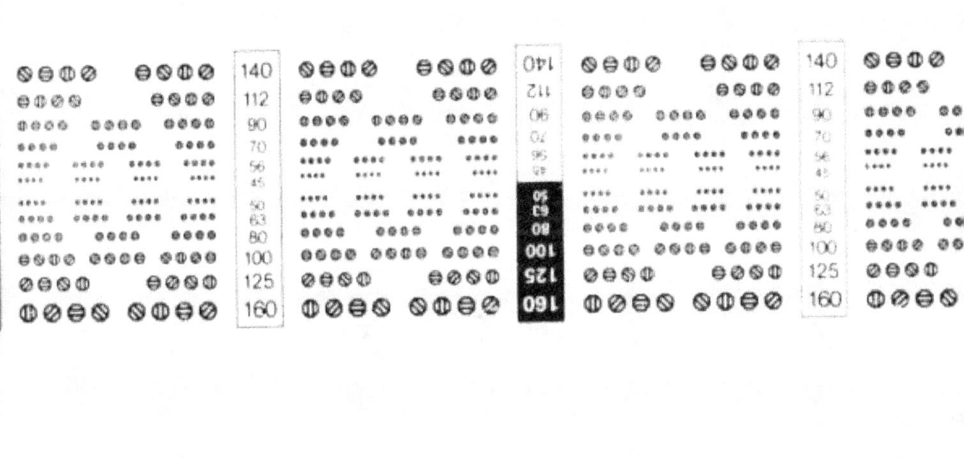

140 112 90 70 56 45 50 63 80 100 125 160
140 112 90 70 56 45 50 63 80 100 125 160
140 112 90 70 56 45 50 63 80 100 125 160
140 112 90 70 56 45 50 63 80 100 125 160

2 3 4 5 6 7 8 9 10

BLIOTHEC

ATIONAL

E FRANC

****

CHATEAU

DE

SABLE